全国中学生

优秀诗歌作品选 第一季

龚学敏　主编

成都时代出版社
CHENGDU TIMES PRESS

图书在版编目（CIP）数据

全国中学生优秀诗歌作品选 . 第一季 / 龚学敏主编 .
-- 成都 : 成都时代出版社 , 2017.4

ISBN 978-7-5464-1808-7

Ⅰ . ①全… Ⅱ . ①龚… Ⅲ . ①诗集－中国－当代
Ⅳ . ① I227

中国版本图书馆 CIP 数据核字（2017）第 084767 号

全国中学生优秀诗歌作品选　第一季
QUANGUO ZHONGXUESHENG YOUXIU SHIGE ZUOPINXUAN DIYIJI
龚学敏　主编

出 品 人　石碧川
责任编辑　李卫平
责任校对　张　巧
内文插画　荷　香
装帧设计　修远文化
责任印制　干燕飞

出版发行　成都时代出版社
电　　话　（028）86742352（编辑部）
　　　　　（028）86615250（发行部）
网　　址　www.chengdusd.com
印　　刷　四川金邦印务有限公司
规　　格　130mm×205mm
印　　张　6.375
字　　数　100 千
版　　次　2017 年 6 月第 1 版
印　　次　2017 年 6 月第 1 次印刷
书　　号　ISBN 978-7-5464-1808-7
定　　价　32.00 元

前言

如此新鲜，如此美妙

　　诗歌阅读与鉴赏是一个慢慢收集、融汇的过程，也是逐渐令自己内在丰盈和知识渊博的过程。中国的古诗词，本身就是一部大百科全书，涉及古老的生命和情感意识、朴素的宇宙观、人生哲学，以及诗人对万物万事的认知与判断方式。以诗歌形式表达的人类基本情感，特别是融于现实与想象的艺术化和典型性，构成了先民们基本的生活形态与精神背景。孔子说："不学《诗》，无以言。"诗歌作为文学体裁，形式最简练，甚至被称为"象牙之塔"，以其独立的思想见识、审美意趣和艺术美感，不仅世世代代深入人心，影响人，改造人，成就人，而且是人类文明进程中最为灿烂的艺术创造之一。

　　直到今天，诗歌仍旧萦绕在我们的心中，贯穿于日常，继续对我们的心灵、精神进行着非凡的浸润与塑造。20世纪初以来，我们的先贤开始了白话诗的创作与实践，经过一百年的前赴后继，今天，白话诗，即现代诗，或者新诗，已经成为当代诗歌创造的主要形式，并且突飞猛进，取得了令人震撼的艺术成就。一个时代有一个时代的文学，新诗的崛起，一方面是中国与世界对接、共享人类文明和艺术成果的必然结果；另一方面，也是诗歌本身的新的变异与解放。尤其是在今天之全球化语境下，中国新诗洋洋大观，出现了一大批优秀诗人和优秀作品，将中国的文学抬到了一个新的高度与境界。

诗歌创作是人类寄寓情感，传达个人对自然万物，乃至世界众生态度的最有效、最有感染力和穿透性最强的艺术创造。作为编者，在日常的阅读与遴选当中，我们惊讶地发现，总有不少诗人的作品令人眼前一亮，惊艳无比。特别是出生于1990年代末期和2000年代初的初高中学生，他们对于诗歌的理解，特别是在诗歌创作中表现出的优异性与新鲜感，让我们看到了中国新诗的真正未来。这批新人，大都成长在世界大同、多种文化和文明激烈碰撞的年代，他们从根子上就是自立的，独特的，他们的诗歌写作，一方面承继于传统，另一方面来自于自我高强度的判断，尤其是独立新颖的认知能力与艺术感觉。这些孩子们的诗歌创作，体现的是他们这一代人眼中的世界，是他们用自己的眼光和心力、思想和识见，对生活，对人生，对他物，对自己，对时间乃至人的万千思绪与现实际遇，进行的多种多样的切割、解剖、呈现与组合。

对新一代诗人及其作品，很多时候，既往的一些评价方式已经开始失效。但诗歌始终是有其道统的，那就是不断地去发现自我在宇宙乃至世界当中的位置，确认自我与茫茫人世的关系，用纤细和敏锐的内心触角去找寻世道人心、自然万物、人类现实生活和精神困境当中的蛛丝马迹，进而升华之、提纯之、呈现之、寄寓之，从而形成区别于其他人的典型性的书写与艺术化的表达与构造。在《全国中学生优秀诗歌作品选　第一季》编辑的过程当中，我们高兴地发现，这些孩子们的诗歌写作已经不容小觑，他们的诗歌作品当中所透露出的新鲜和美妙的质地与潜力，正在形成一道新的诗歌风景，甚至"风暴"。我们相信，这些孩子当中，日后必定会产生优秀的诗人甚或大诗人，他们也必定是未来中国乃至世界诗坛的生力军。

因此，编选《全国中学生优秀诗歌作品选》，并且将这件事持续做下去，做好，是非常有意义的。江山代有人才出，这本诗集将是最好的证明。诗歌乃至一切文学艺术创作，都是自觉的行为，是冥冥的召唤，是自我的深度觉醒，是人和人，和万物，和时空，和宇宙秩序，和人类生活进行深度互动与碰撞的结果，绝不是刻意的、功利的。这些孩子们，特别是广大中学生，都还处在人生的关键期，以后的道路正在慢慢展开。"读万卷书，行万里路""功夫在诗外"等等古训仍旧是有效的，我们真心希望，这些具有诗歌天赋的孩子们，能够走好人生之路，不断用文化知识武装、充实、提升自己，唯有如此，才能写出更大、更具有气象的诗歌，才能拥有更为丰沛的人生。

诗歌是心灵的事业，是灵魂的助燃剂，是精神的河流与火焰。不断发现和推出优秀诗歌和诗人，是我们《全国中学生优秀诗歌作品选》全体编辑的职责所在。我们愿意为中国新诗的发展呕心沥血，愿意成为更多诗人的铺路石与跳板。不论您在世界哪一处，不论您在人生的哪一个站台，若有精彩的诗歌作品，请以书中书签标明的方式与我们联系投稿。在这里，我们也衷心祝福这些孩子们学习进步，积累丰沛的文化底蕴与知识构造，拥有创造的勇气和艺术的雄心。

《全国中学生优秀诗歌作品选》编辑委员会

目 录

第二辑　那些我看到的人们

第三辑　和你在一起的时光

第四辑　这样的画面，让人流连

第五辑　如歌行板

第一辑

风儿的天空总是那么明亮

家门口的草垛
玩耍的孩子们，
调皮的大母鸡
和小黑狗

柔和的月光碎银般洒满大地

刘俐杉

柔和的月光碎银般洒满大地
摇曳的风轻抚着缅栀花的脸庞
无边无垠的清幽闪烁着
像千万根针丝在大地上刺绣
精细地描绘着黛青的山，静默的水
花红柳绿的乌蒙，有无数纯净的露珠
在花瓣和叶片上跳舞
伴着习习的轻风，我被碎银般的
月光包裹，任身边的景物
卷着回忆回旋，任现在与曾经
相互交错，任轻风与明月
尽情抚摸。它们仿佛要洗尽
所有悲伤的颜色，任由熟悉和陌生

此起彼伏地涌上我的心头

天空，似乎承受不了过分深重的

蓝，连云朵也有些摇摇欲坠

柔和的月光碎银般洒满大地

像我银质的心布满了憧憬

（刘俐杉：云南省会泽县钟屏中学九年级23班）

我心中的那片绿色

程思雨

儿时的小巷

在薄雾中微凉

脚下松动的青石板

随着我的步伐咿呀作响

斑驳的石墙

书写着岁月的低吟浅唱

我低下头沉沉地想

它曾度过几许春秋几多月明

它曾记载着多少逝去和离殇

可眼角的波光流转

竟见瓦檐新绿徜徉

它向着天空昂首，带着倔强

它可是那初春的芽儿
可是那野火烧不尽的希望

古老的巷是一场沉淀的时光
那条路似乎总是很漫长
零星的回忆弥散在夜里
依稀记得童年时的桂花糕、棉花糖
记得秋千在风里荡漾
记得妈妈说，梦想就在不远的前方
可谁会将我的记忆存档

俯首，竟见青苔在石板隙间蔓延
那深沉的绿，盘亘在地下

眸里忽然便倾泻了泪光

她是否在说，她一直在我身旁

我心中的那片绿色啊

你枝拂天堂，根系大地

你将我的记忆永存，将我的希望托起

你让我明白，世间不会有真正的逝去

因为逝去的会扎根心底

逝去，会让前方的道路更加清晰

（程思雨：南京市第一中学初中部）

空灵的花瓣

李玥颉

无尽的遐想溢出花瓣
诉说着蜜语甜言或清忧点点
奇幻的梦境中
沉醉着流星和花瓣的细雨
我本身姿曼妙
一回眸，便可倾国倾城

而幻境里的事物都是空虚的影子
寂寞的甲虫
爬过残缺的桌角
陈旧的棕皮画框
镶嵌着满满的回忆
在空旷中徘徊

尘埃是面镜子

照着身后的往事

仿佛清澈如水

思念之后

只剩下模糊的未来

清爽的柠檬是我记忆的海

每一滴汁液都是缠绕我的蔚蓝

沉浸在心的浊浪里

清忧尽散

飘落在身上的花瓣依然温暖

一梦醒来

我已是画框里空灵的水仙

（李玥頔：北京市临川学校。指导老师：郑丹宇）

春

——致远方的朋友、逝去的时光

黄炎琳

终于
是春天了

等，一场朦胧的雨
等，与你的细水长流

等你，在雨中
在风雨飘摇的渡口
雨打寒山

等你，在雨中
在余光垂落的街头
泪染青鸢

你说
便是这个春天

（黄炎琳：湖北省沙市中学 2014 级 17 班）

风儿的天空总是那么明亮

唐宇佳

风儿从远方来
赶着鸟儿为它歌唱

风儿从远方来
打开我的一本绘本

风儿的天空
总是那么的明亮

那些奔跑的岁月
让我爱上这明媚的春光

风送云一个蝴蝶结

送给太阳一串粉色的项链

而那缕小小的风
一定是我童年的化身

风儿吹过大地
梳理着少年的所思所想

（唐宇佳：重庆南开（融侨）中学初中一年级）

春 雪

为报春消息，故作梨花飞
坠地倏忽逝，教人何处追

那么白，那么轻。
我左挡右挡，接你在手掌
不等人看清楚，你便羞羞
隐身

啊春雪，抑或
乘风旅行的你
只是一个思乡的孩子
像我每次进家门
扑进母亲怀里，瞬间——
失掉了自己

（庄凯凯：江苏省赣榆第一中学高一2班）

记忆里的那一抹田园

赵柏屹

轻纱晨雾，起于山谷之间
草坡之上，湿风润面
东方地平线，晕出了阳光的笑脸
光线落下，如蜜糖一样柔软粘连
空中的蒲公英，渐行渐远
风里饱含着泥土与稻穗的香甜
田垄阡陌之间，柴扉装点着泛黄的春联
斑驳的砖墙，见证时代的变迁
几垛稻谷边，有稻草人望着北飞雁
村子里的黑狗，叫声已经坠落地平线
紫色的夜空中，精灵眨着眼
我依旧匍匐于天地之间，听取蛙声一片
姥姥轻轻挥着蒲扇，为我摇出爱的诗卷

记忆里的童年

远山、麦田、炊烟

与那沉睡的夏天

（赵柏屹：绵阳东辰国际学校 2014 级 10 班）

春 天

廖茁雅

鹅黄的芽
茸茸地
钉在过路人心上

水珠细细地舔舐少女的黑发
一根一根地
也像饱含了千千万万的热泪

有一根发
安定在我心里
发芽
我感到沉重又轻盈

（廖茁雅：重庆江津中学 2018 级 1 班）

画堂春

岳兰茜

杏花
如一位眉目含情的女子
下雨时，望着满地碎玉
像旧日的时光
长满了青苔

春光难觅
在雕花木窗棂前
只有民国佳人持着的油纸伞
我炮火轰鸣的江南
春，那么凉

乍暖还寒

青石砖上还有人娟秀的字迹

"相思相望不相亲

天为谁春"

（岳兰茜：巴中市巴中中学 初一 17 班）

初春之鸣

袁天豪

鸟的骸骨站在树上
引颈
而我与庄周负手立于树下
长鸣

我说，庄周我梦见了你
庄周说，不，是春天梦见了我们

于是我从上个季节赶来
匆匆着匆匆
茫然着茫然
一路上鲜花次第而开
至此准备进入火焰

我想起第一片叶落时

你走

最后一片叶生时

我归

只有苏醒的河声一声比一声急促

（袁天豪：成都石室中学高二6班）

温暖的吉他，野生的诗

应鑫鑫

他安好弦，浅浅拨弹，深情吟唱

流动的不只是光影回旋

更有木刻般的沧桑

烟雨中的江南，荒芜又热闹

泉冰融化时，彪悍得不带声响

斑马轻蹄踏过诗句

白鸽在秋凉前回到了不列颠广场

暖黄的光，怎样湿闷地起雾呢

盘生的藤蔓，也藏不住腻人的微热

他们说，柔软发酵后的酝酿，越陈越香

（应鑫鑫：复旦附中青浦分校高二1班。指导老师：朱泓辉）

刹那春天

龚雨昕

你来了，轻轻地
踏着缱绻的雪花
拓下连瓣的爪印
爪印纷乱，足迹稀落
交错间，流淌过似水流年

依稀记得，
你的扑面而来，你的轻盈
你的不情愿
把好消息带给黄土地的一瞬
再也找不到你了

你走了，轻轻地

拖着落寞的心怀
流下连绵的苦涩泪水
一如初见，渐行渐远
如斜晖凋零在钢筋霜林前

不曾忘记
风吹过，你的滑落
你的轻叹
再也找不到你了
仿佛暮色里传来的呼唤
隐隐约约，又断断续续
春天刹那，刹那春天

（龚雨昕：江苏省新海高级中学高二3班）

醒 来

韩真赟

醒来的感觉是碧海与芜草的凝眉
只轻轻一瞥也好呀
让墙上的红薇攀折在青色的寥烟里
偏听偏信那拂晓的跫音

灯熄了，一盏盏地赴命似的
影子里带着点飒然的豪情
与你坐下，我沉默的孩子
"在夏天醒来么？
真是非常漂亮的早晨"
转而复回的浓绿的影子发笑
鹂鸟和麻雀游弋在更像夕阳的朝露里

"见过冬天啦。我认得她了"
我看到那是我的脚下变成墨绿色的花园
在夏天终于醒来
我是这样度过了凉薄的三月
依稀觉得早晨是一副识得我的模样

（韩真赟：江苏省震泽中学高三4班）

星·夏

刘梦依

星光，树下
断断续续的蝉声连绵
织出一首悠扬的乐曲
朦胧的荧光四溢
点上了许多盏轻盈的小灯
星星疲倦地闪烁
我得到的是沉沉夜色

（刘梦依：成都市实验外国语学校初 2014 级 19 班）

坐在一棵树上

吴 婷

在我坐到这棵树上之前
这里是一只猫的领地
它已经在这儿蹲了一下午了
许是天气太热
它也该换件衣服了

我坐在一棵最粗壮的枝上
我的脚不听使唤地晃着
阳光穿过浓密的树叶直扑在我的脸上
眼睛有种刺痛感
我低下头

卖西瓜的大爷扯着嗓子吆喝

头顶的汗珠噜噜噜往外冒
顾客一再地砍价
"拿走吧"几乎是哀求一般
头顶上的汗又冒了些

一群狗打起来了
互相撕咬狂叫
混乱中撞倒了行人
战争仍没有结束
为的只是一块被人丢弃的肥肉

我坐在一棵树上
看着别人的生活
也是自己的生活

（吴婷：江苏靖江中专2013级电商班）

稻草人

龚明亮

扎一捆稻草
戴一顶草帽
或许还要披一件大衣
做一个稻草人吧
再拿一根木棒
连接它与山坳

鸟儿来了
稻草人不急不躁
手中仿佛攥着石头
似扔，似抛
又仿佛挥舞着铁镐
高高举起

却又从未落下

雨点来了
稻草人压低草帽
为什么你不逃跑
因为你是守卫
只要，只要
这片土地不老

啊，稻草人
为什么遮住你的容貌
除非是在梦里

留下一抹隐约的微笑

又为什么你的草帽

我永远都够不着

因为你的身高

是我爷爷的身高

（龚明亮：湖北省荆门市龙泉中学）

小野菊

邹玉琪

娇嫩的花儿
向着太阳呼唤
祈求着
金色的光彩
却只得到
血色的鲜红

渺小的野菊
沉默着
躲在一旁
静静开放着自己的花

不去争夺

只是尽力伸展
努力绽放

放学的小女孩
轻抚着
她的脸颊
小小的野菊
顿时羞红了脸
她还不知道
温柔的太阳
早已给了她
金色的光芒

（邹玉琪：深圳市翠园中学）

风儿弹起了油菜花

刘卿竹

三月的田野

薄雾淡淡的

像飘落的梨花

风姑娘用纤细柔软的杨柳指

弹奏着

高高低低的

油菜花

此起彼伏的旋律

滑落一串串

晶莹的音符

高音急匆匆飞起来

变成了赶去与太阳

捉迷藏的白云
和牧笛比唱歌的云雀
去别人家玩的灰鸽子
和老鹰打招呼的
长尾巴风筝

中音不慌不忙
化作了跳芭蕾的蝴蝶
在花粉里打滚的蜜蜂
放牧着满河雨点的蜻蜓
给鸳鸯送情书的蒲公英

低音慢慢吞吞在田埂

走着

变作了玩着泥巴的蚯蚓

春江里洗着花瓣澡的小鸭子

想和夹竹桃牵手的小竹笋

满满一操场的小草

穿着绿色背带裤和

短裙

而我

在三月的田野聆听

金黄色的花丛里

一朵粉红色的油菜花

在微笑

（刘卿竹：江苏省海安县中学）

冬天来了

田斯浩

就在那个清晨
我推开屋门
蓦然就
与你撞个满怀

顿时间
便紧缩了我的
每个毛孔
每个细胞

你竟也学会了低调
还没听到你
一声喧嚣

我还没来得及

披上过冬的

棉袄

待我转身

回屋

穿戴齐整

却看见

你正在摇晃

对着黄叶的树枝

对我

微笑

（田斯浩：洛阳市第十八中学）

冬至的雷

黄方宁

空气里弥漫着
低沉的湿
冷锋敌不过
暖气团的执拗
停滞在北纬二十八度

乌云摇曳着透不过的阳光
我情愿来一场
淋漓尽致的雨
好过在多水的南国
抹不开的朦胧

胶着的气流忍不住摩擦

那是划破黑夜的

亮光

在冬至的夜晚

呼啸

（黄方宁：台州黄岩中学）

快来寄诗给我们吧!!!
投稿邮箱: qgzxsyxsg@126.com

快来寄诗给我们吧!!!

投稿邮箱：qgzxsyxsg@126.com

青涩的冬

张灏严

他说，不喜欢啊，烟花
太容易变冷了

他想一直走，一直，一直
脑子里什么都不想的，走
他想象一条公路，一路上应有尽有
却唯独没有尽头
他想，那也很轻松啊

他想起开始的场景
过去很久了吗
他记得那时候雪还没化，嗯
薄荷糖嚼起来很清凉

他拍下院子里的云，和花
他给生了病的小兔子喂药、喂水，还有
吹口琴、画画
至少他这么想

他觉得生活在一座城
城里的人的心都死了
他想，我也该走了吧
每一座房子都是孤独的存在
谁和他一道啊

夏天还没来，他已经在筹划冬天了

身边再多一个人就好了，男女不限
他轻轻叹了口气，他也只是想想
织一条围巾吧

他习惯败北了，早就已经
他认出了一个人，就像
一扇虚掩的门，大海

（张颢严：大连理工附高大连理工附高）

城市又多了一条地铁

刘芋麟

城市又多了一条地铁
就在学校旁边
不长也不短
刚好是城市和故乡的距离

城市又多了一条地铁
城市在高速增长
既然向上生长已很危险
那就换个角度生长

城市又多了一条地铁
黑暗又多了许多朋友
民工们掏走泥土

运来一列列空虚和等待

城市又多了一条地铁
我也偶尔去乘坐
不是为了方便和快捷
只为听到母亲微弱的心跳

城市又多了一条地铁
还会有更多地铁向前延伸
城市已站立不稳
地铁像根系一样抱住地球

（刘芋麟：成都外国语学校）

纯白色的梦幻

王周炎

一场姗姗来迟的大雪
为大地铺上了银装
我走进这纯白色的世界
寻觅儿时的点点梦想

呼啸着的北风
为我冷静这燥热的心
卷携着我驶向远方
纵横的田埂
是我梦想的乐谱
我跳动着写下奋斗的乐章

在绝顶的山峰上

我瞰望旅途的梦想

天地一色的地平线

那儿，是我梦想的归宿

雪白的原野

串串脚印是我追梦的痕迹

洁白的画板上

点点墨迹是我冬日里纯白色的梦幻

（王周炎：湖北松滋南海中学。指导老师：黄松海）

冬雪·邮件·系思念

孙忠磊

北方的小城飘起雪
壁炉里添了新柴
冬至未至
远方的列车未来

今年的光阴好慵懒
岁月匆匆，也很慢
秒针滴答数日子
一秒秒，一天天

今年的初雪来得晚
墨染的湛蓝玉沙
银妆画满木枝间

今年的晴雪也浪漫

踏雪寻梅白野里

撷来两段梅

一段留在袖口

一段寄往雪国的那一边

南方的小镇红豆甜

满载的列车踏上了归途

冬至将至

远方的思念

将来

（孙忠磊：招远市第一中学）

四季揉了揉眼睛

孙圣杰

春天揉了揉眼睛
草就笑绿了

夏天揉了揉眼睛
荷就羞圆了

秋天揉了揉了眼睛
叶就零落了

冬天揉了揉眼睛
雪飞扬了

为什么我揉一揉眼睛
你在我梦里就越走越远了

（孙圣杰：东北师大附中高三）

第二辑

那些我看到的人们

花都开了，放牛娃在山里
所有植物、花香的气息
闻得心都醉了。
想把自己变得很小很小
像一阵风，一缕微尘
在了田里消失。李点

2015.2.10
大年初二

那些我看到的人们

阿西莫干

南方的身体多了层叶子

我们不由得拿起了披风

燕儿啊

你飞去了北方

见到了我的远方吗

一条熟悉的街

走着满身行囊的马匹

那片草地也不是太过无味

可望明月，处处相对

轻听琵琶行

青山流溪

我不曾见过那时的行人

就让夜晚留我在镜中

（阿西莫干：新营盘中学）

当你老了

娜 娜

当你老了，我要做你
近旁的一株木棉
不必要时是一道景
必要时是一根拐杖

做一根拐杖，跟着
你的脚步蹒跚，收拾好
你所有的心愿，并打包
背负在你矫正过的脊梁上
捆牢系紧住属于
你的依靠，我的肩膀
陪你到达
任何一个心之所向
尽管无视，把人间的惶惑

踩死在尘埃，挽着你的手
去看，存在世界里
最美的花海，你每天都想看
那索性就种一片，坐在
摇椅里，躺在你的膝上
光阴的味道变甜
长度被拖延，听音符
稳住激荡，谱写壮阔
茶汤用掠影回放
看过的热恋
同一只杯子的杯握
叠放着两个指头
交合成一双手

檀香把酸甜苦辣
烧成了灰烬
散发的香气袅袅娜娜
那是我在灵巧地为你研墨

当你老了，我将迈着
细碎的步子
为你读年轻的诗行
我还是会把
素雅的绸系在颈上
等着你来小心翼翼解开

当你老了
我依旧陪在你身旁

（娜娜：河南安阳韩陵中学初三3班。指导老师：路和平）

父亲是孩子写的诗

陈艺婷

孩子是父亲身上的一颗芽
孩子发芽的时候
就开始给父亲写诗了

孩子最初是用哭声写诗的
每写一句
父亲都在威严声中
长出一根白发

之后孩子用跌倒写诗
每写一首
父亲就在紧蹙的眉间
竖起一道皱纹

然后孩子用成绩写诗
每写一本
父亲都会停下步子
读得弯腰弓背

父亲的重量
是孩子一声声的呼唤累加成的
父亲的老
是孩子一笔一画写出来的

孩子总会在头发初白的某天早上
突然发现
那个写了一千遍的父亲
就在自己的脸上

（陈艺婷：江苏省昆山市新镇中学初二7班）

一秒钟的记忆

琦 翔

一秒，诞生我的世界，没有任何征兆，不需任何准备
一秒，消逝了片刻的不安，成就了永恒的宁静
在一秒的创造里，琴声仿佛更爱诗人
那么这一秒的冲动，有漫天的花舞来亲吻
阳光与精灵嬉戏，尘梦在星河惆怅
我分享你的欢乐，赞美隐匿在自然的奏鸣曲中
不需言语，如若孤单，会有丛林的朋友陪伴
蝴蝶也邀我欣赏她们的舞姿
掬一捧清泉，与万物共饮
抹一道朝霞，千古画卷
在时光与空间的罅隙中，我庆幸拥有这一秒钟的世界
时钟的脚步看似柔弱，可谁也无法阻挡
指针转动了，带走了我的世界

撩拨了幻想的涟漪，惊扰了美梦里的花草

再见吧，我一秒钟的世界

无法抓住你转瞬即逝的身影，索性微笑诀别

留我在黑暗中徘徊，但不必担心

因为我知道

你存在过，我的世界

（琦翔：江苏泗洪淮北中学。指导老师：赵同宇）

自己的翅膀

陈嘉奇

空旷的世界云雾缭绕
我在云雾中漫步跳跃

在水影的波纹里
凝视着自己
波动的，易碎的
我在这倒影中行走
披着浓雾的衣裳
在风的褶皱里
伸出手
捕捉这流水中的幻象

我想触摸到我的目光

和我的身体
当指尖碰触到指尖
一袭暖流
将我蜕变成自己

眼前已是和煦的阳光
我也把影子丢在了身后
向着光芒疾行
或是逆光飞翔
我的手臂
伸展成拥抱天空的翅膀

（陈嘉奇：新疆丝绸之路国际学校）

母 亲

戴天娥

母亲是石头
铺在我想去的路上

而我是一只狼，凶狼
像刺，像刀
渐渐把你磨瘦

（戴天娥：江西上饶鄱阳饶州中学。推荐老师：毕海平）

你的右手落在我的左手上

灿 烂

你的右手落在了我的左手
今夜的微风让我沉重
我的手不知什么时候紧紧抓牢了微风
微风在夜晚的萧瑟中开始抖索
我想要抚慰你的抖索
让微风趋于宁静

街道里的人看不见我怀中掺着微风
一次次的吹拂是想要尽快到达那个街口
时间在这一刻走得很慢
我左手上的右手变得冷淡
你右手下的左手开始黯淡
我只能语无伦次地告诉微风
还有三十秒抵达有医院的那个街口

（灿烂：云南昭通水富第一中学高中部165班）

爸，你还记得那时候吗

崔健学

爸，你还记得那时候吗
每次回来
你总会给我们带好多好吃的
这些
我已经忘了
是妈妈告诉我的
妈妈说，那时候天空很蓝

爸，你还记得那时候吗
你是个很厉害的人
精通各种技能
这些
我已经忘了

是妈妈告诉我的
妈妈说，那时候天空很蓝

爸，你还记得那时候吗
你有很多的朋友
他们都说你是个很讲义气的人
这些
我已经忘了
是妈妈告诉我的
妈妈说，那时候天空很蓝

爸，你还记得那时候吗

妈妈每天以泪洗面

家里的生活仿佛已没有了出路

或许你不记得了

也许你根本就不知道

可我记得那时候

那时候天空灰灰的

那是你离开这个世界的时候

（崔健学：广东茂名电白一中）

父 亲

丁洪飞

那个在机器旁扛砖的男人
是我的父亲
他在砖厂听了两年机子的轰鸣声
老家，新建的房子工期停了又停
杯水车薪的积攒，跟不上子女的挥霍
为了年底的总账，早出晚归，无视伏旱与严寒
跑着跑着，雄伟的身影向前倾去

听说那天为了多二三十块钱
他大晚上又加了一班，烦躁与汗水浸湿衣襟
一次失误，他的右手掌伸进恶魔的口中
血，染红了天空
接着，汽车、机子的轰鸣声，母亲颤动的话语

交杂在一起
手术室的门重重地合上

就在那夜，和医院一墙之隔的学校
我还和往常一样，笑容布满脸颊
刚上课就问同桌，啥时候下课
高考还远，慢慢来
第二天晚自习
班主任偷偷告诉了我噩耗

颤抖地问了句：我爸还好吗
没有回答，我已泣不成声
母亲说了句：好好读书，你爸睡着了，别担心

绷紧的心把我勒的喘不过气来
泪水不争气地哗哗往下流
母亲似乎嗅到孩子的泪水，便说：一切都会好起来的
我狂奔在环东路，世界都沉默了

自责开始审判我
我的世界也快灭亡
一墙之隔，我却第二天才知道
可能由于父子连心
不知道病房，却远远地看到床头醒目的名字

脚步像灌了铅，几步的路，我走了快一个世纪

被子已染红，床边挂满了注射液
爸，泪水哽住还没说出口的话
苍白，还未洗去血迹的脸庞转了过来
僵硬的笑容：没事，已经动过手术了
强忍疼痛：不好好读书，来这里干吗
不敢注视他的眸子
看我沉默不语：钱够用吗，我这里还有
本来干了的泪水又溢满眼眶

快点回去好好读书，等放假再来
我本想说：我请过假了
我更希望躺在这里的是我
如果受伤的手是我的也好

他已年过半百，霜又打白了几根头发
在他严厉的目光中，我走出了病房
没有回头，没有泪流

（丁洪飞：云南昭通昭阳第二中学高一 162 班）

阿 妈

茹 甲

把我揣在怀里，不放
锅里煮着的，是为了我的胃
视线没有离开过我的成长
为了我的梦
佛前祈祷，磕破额头

（茹甲：阿坝州若尔盖县中学八年级2班）

致文莉

百灵鸟用歌声唤醒每一天
最让人难忘的是她的舞蹈
翩翩地在百花丛中微笑
总招蝶儿对她的眷依

绿色的暖风轻抚她的衣裙
将她的发香带到了他身旁
在他所不经意的心里
生起了一个恼人的想法

那天她那迷人的舞动的身段
再次掠过他的脑海
他那卑微的内心，又一度悸动
忧愁迷惘在他的心里

（说吃此拉：凉山州普格中学高二 3 班）

自画像

谭斌康

精神国里来了个瘸子
一个邦内十足的白痴

痛苦乡中他沦为奴隶
却时时探听着幸福城的消息

迷茫厅上他充当起老者
知识的园里采不到草莓

几度涉足颓废的墓地
最终潜入了摸索的海底

那可怜的家伙是谁
我的影子

（谭斌康：西安周至二中）

晚自习回家

王德雨

走出教室
与暖暖的夏夜风一起回家
你友好地喊我的名字
我热情地拉住你的手
当你是一支铅笔
当我是一个验算本儿
你却写出别人的伤疤

在一个十字路口，我
亮给你绿灯
亮给我红灯
等你的影音在我的世界消失
我把自己与自行车的倒影当成小狗儿
领回家

（王德雨：山东聊城市三中高三23班。指导老师：姚忠伟）

我爱恋着你

竹秋韵

我用如火焰般的热情爱恋着你
无论多大的洪流都无法将这爱的火苗扑熄
绝不是肤浅的喜欢，而是深沉的爱恋
我爱恋着你
犹如大地恋爱着她的子民
对于你，我有着作为人子的深情
我在你的脉搏上跳动
感受着你激动的心
你那灰色的腕臂托起一个个善良、勤奋的生命
那一头浓郁的乌丝透着花的芳香、草的清新
在银色的月下，我甘愿化作一颗星
长眠在你柔情的怀里
你那一抹如沐四月春风的微笑

竟透着一丝神秘
假若给我一个愿望
我希望我能嫁给
这深沉的土地

（竹秋韵：湖北十堰郧县二中高三2班）

妈 妈

袁 泉

小时候
我嫌左手愚笨
它呀
打碎童年的茶盘
拆解尘封的糖纸
右手不停地收拾

你告诉我，说
左手称右手为兄
这世上无孑立之徒
人也是人的扶木

可是，妈妈

长大后
我独自在风里行走
穿梭于脚与印之间

（袁泉：上海市实验学校高二2班）

一个六年级小学生的梦

张子逸

故乡的社戏锣鼓声噼里啪啦震天嚷着开场
藏有蛇妖的老古槐，我们刚刚爬上了树半腰
一伸手，那只呆头呆脑的知了就要到手
一眨眼，唉，学校就要开学了

尾随着叼烟斗的神探福尔摩斯正准备抓凶手
基督山伯爵的传奇刚刚报个恩才看到了复仇
无所不能的巫婆已经偷偷配好了那瓶毒药水
一眨眼，唉，学校就要开学了

那一片湛蓝色的大海我怎么游都游不到尽头
手中五颜六色带笑脸的，刚刚放飞到半空
厚厚的暑假作业本才开了头

一眨眼，唉，学校就要开学了

自由自在的日子为什么总是这么短促
无忧无虑的假期为什么总是飞快溜掉
骑白马的王子刚伸手拉住我就被妈妈唤醒了
唉，要是学校天天放假那该有多好

（张子逸：深圳市桃源居中澳实验学校高三5班）

病中书

张泽阳

九月天。疾风吹不动的
山，一条河就从中心流过
西伯利亚的寒潮突袭，山就病了
少许草株摇摆，脱落
最后一片荒芜，只是山顶上
留下一粒尘土和扫地的
孤僧。我在爬山前，想到加衣
贴着母亲的针穿起的温暖
登上高高的山顶。比起桀骜不驯的
鹰，我更喜欢候鸟，执着，永恒
给它一个合适的形体，有关
生活，抑或爱情，用一生的时间来飞翔
把地球南北的距离缩小成两点

母亲的暖始终没有

挡住病痛，我将生病的身体停放

山腰，采药的孤僧

指着山顶说，红尘散去

我是听说，有个常常把枫叶放入河流

　　的女子，我放出滋养多年的猛虎

企图冲上山顶，只是，她

与我的距离是候鸟飞不到的距离

孤僧的药治愈了我的伤寒，没能

治愈满布尘埃的心

孤僧又说，身病可救，心病还须心药医

（张泽阳：云南昭通昭阳第二中学 128 班）

雨中静思

孙艺芸

将诗词歌赋换成
柴米油盐酱醋茶

我的妈妈，妈妈的妈妈
天下千千万万个妈妈
都以青春年华换儿女一世安好
妈妈
愿你远离苦难、平安健康
一闭眼
你又变成当年那个长裙及地的姑娘

（孙艺芸：人大附中高三）

瞬　间

陈时进

茶几上的杯子揉碎了自己

作业本自焚

书桌卸掉短腿

从我左耳爬进的耳机且战且退

穿过右耳

他们把傍晚推进黑洞，深不见底

我爬时，月亮趴在苍穹

雨果、贝多芬们在时间的缝隙

"我想对你们训话，不耐烦也得听"

……但门柄转动

我的老妈回家了

一切安静

如熟睡的绵羊

（陈时进：湖北宜昌二中高一1班）

散 步

朱 平

在太阳的余晖还照得到的时候

在柳树的缀影还在摆动的时候

在晚风的抚触还在停留的时候

我与母亲挽着手

走在所有事物都有倒影的湖边上

她说真幸福

这无疑是一把利箭在刺向我

对不起

我是带着目的来的

（朱平：湖南省株洲市第八中学高三299班）

家的温度

韩嘉豪

我喜欢这样，我活得习惯
仍旧写一封长长的信
寄给未曾回家过年的姐姐
邮递虽然慢了些
但信纸的温度，是家的温度
我常来到小鸟低头喝水的地方
仰望天空的飞鸟，自由飞翔
花猫在午后的墙上巡逻
它的神秘在于美丽的沉默
我喜欢老屋是寂静的
因为雾霾，夜空一无所有
钢琴只有八十八个键
如同黑白相间的人生

不如意十有八九

何必太在意，谁是飞蛾，谁是火

我喜欢协奏曲，因为害怕触碰的

才是最痛的，能让人成长

弹对了就是琴键，弹错了就交给上帝

我常来到小鸟低头喝水的地方

仰望一排排飞鸟在天空划过

就像父亲在车站排着长长的队

"车辆行驶中，请坐好扶好"

我与父亲隔着车窗，挥手再见

道不尽的，是父亲的乡愁

冬天，我去上学

母亲站在家门口，目送着我离开

我模糊的眼睛，只看见
雪地上长长的脚印串儿
是我离家风筝的线

（韩嘉豪：宝鸡岐山蔡家坡高中高二3班）

是那星群点亮了我

王　祥

是那月亮映出了你
瀑洒黑夜
通彻一帘窗
掠过我霜白的头发
心生波澜
我偏居你的影踪
苍茫的大地
是我孤独的一隅

在我心上
欲把你幽禁百年在这
无尽的深渊
有人从月下而来

复吞没入幽暗里去

轻急重缓

如我

倚望之处便是你

心刹那的疼痛

我的呼吸

雾露循云烟

颠覆了所有意义，才

这般抓不住

正是永远

（王祥：宜宾市宜宾县二中高三8班）

花

银 滢

一

我转头，看花。花在落
白色的花瓣静静地在风中舞
每一片有每一片的风姿
翩翩如蝶翼，美得让人疑惑
这个世上，怎么会有这样美丽的花儿

二

我静静地站着
风卷起树叶，把它们带上半空
然后又无情地把它们洒落下来，归于泥土
已经是秋天了

（银滢：四川省绵阳市实验中学 2015 级 10 班。指导老师：谢首勇）

梦 (外一首)

龙 凤

你树上的果长满了想象
香甜飘向人间天堂

母 亲

提到母亲
我就想起洁白、粉红
就仿佛看见了康乃馨

(龙凤：重庆大足城南中学)

第三辑

和你在一起的时光

石磨，乡村的唯物

小时候，所有的豆腐都从

里面磨出来的。

这一天

吴宇菲

这一天，空气是如此清冽
冰封的湖上有白鸽飞越
这一天，图书馆如此安静
和我们对语的，只有翻动的纸页

这一天，你拨动了善鸣的琴弦
于是，我的心儿为着你颤
这一天，随着语言忘记时间
胸口血花开绽别样光鲜
这一天，你对我强作欢颜
最沉默是我开口之前

这一天，我的泪落在你的掌心

溅在时光的长河，悠悠回音
这一天，白纸洒遍千点湿痕
徘徊不去的是你拭泪的温存
这一天，我静静靠在你的肩
浅浅一眼，翩然万年

这一天，华灯映着微醺月
摇摇手，我和你依依告别
这一天，我时时忆起
你眉头皱起一朵凄绝
这一天，你会不会
恍然有我爱你的错觉

（吴宇菲：安徽省马鞍山市第二中学）

快来寄诗给我们吧!!!

投稿邮箱: qgzxsyxsg@126.com

快来寄诗给我们吧!!!

投稿邮箱: qgzxsyxsg@126.com

和你在一起的时光

徐　洋

想和你在一起

看时间的轨迹

画下一圈一圈的年轮

去听，水滴，滴落的声音

想和你在一起

迎来，每天第一缕晨曦

送走，最后的一颗星辰

想和你浪迹天涯

一起迷路在森林里

让小鹿带我们回家

想和你在一起

去开始，去结束
周而复始，不知疲倦
和你在一起，无聊也会变得有意义

就想和你在一起，虚度光阴
在这最美的时光里
即使
我知道，你一定不会的

（徐洋：宜宾三中高三 2 班）

致爱丽丝，晚安

阿波罗

亲爱的爱丽丝，雨停了
孤独还未弥散
秋雾遣了清寒探访
塔松点着霜，霓虹艳亮
残翅的飞蛾奄奄一息
它在篝火中燃烧
火舌舔着尘世的喧嚣
爱丽丝的双瞳，闪着
寂静的花火

亲爱的爱丽丝，灯熄了
让悲哀的沉默变成无声的咒语
用时钟的滴答沉淀深夜

爱丽丝，晚安

咒语带你梦游仙境

从此——

你会热闹在梦里

（阿波罗：重庆涪陵第五中学高 2017 级 14 班）

十二月歌

董奕男

一月，海被幻影掩埋

二月，金丝眼镜摔碎在荒草丛

三月，让柳絮的多情

溢出殷红的血

四月，藤萝的花瓣乘风

飞到无名的坟前

五月，没有犀牛的血

龙寂寞而死

六月，阳光与云

是谁的祭品

七月，群星为一朵枯萎的蔷薇

泣不成声

八月，鲤鱼在锅中游曳

锅下，冰冷的火

逸散着天然气

在夜空中，微蓝

十月，钟的指针倒行

十一月，夜莺的鼻息

吹冷了风

黑猫站在楼顶

仰望天穹

十二月，我让魂魄冻成雪

散落于风中

（董奕男：成都市实验外国语学校初三）

偶　然

徐　毅

天偶然飘起了

一片蓝

美的生机，不再单一

草偶然见到高大挺拔的树

便明确了目标

即使矮小

也绿遍大江南北

当不同的偶然发生了

迫不得已接受的结果

改变自身的命运与方向

也许几般周折

树木枯死在沙漠

猛犸象尘封在冰雪的记忆中

一切都是偶然

当命运挪动着不相信色子的人

但命运比色子复杂得多

一扔色子或许看到的是力度、角度和重量

恰巧一切都变得偶然

偶然的劲敌和机会

遇到你也是偶然的

（徐毅：重庆八中宏帆中学初二 20 班）

错 过

林纯安

一颗流星从天际划过

我错过了许愿

一朵浪花溅击岩石

我错过了祝福

一段人生只能走一回

我错过了什么

错过了春季的一场绵绵细雨

错过了夏季的一轮炎炎烈阳

错过了秋季的最后一片落叶

错过了冬季的最后一朵雪花

不断地失去

不住地错过

生活告诉我

这，就叫成长

这，也有收获

（林纯安：上海市市西初级中学）

天亮了

刘仪雯

多想成为
雨露清晨的第一眼亮光
照亮泥泞路上
星星点点的脚印
孩子们背着满书包的幻想
哼着歌儿，到学堂里去
快乐，天真

多想成为
日落西山时的袅袅炊烟
夕阳下呼唤
孩子们与蝴蝶玩着捉迷藏
那踮起脚尖趴在灶台上的微笑

温馨，甜蜜

多想成为
卖彩色气球的大胡子爷爷
站在村口
向山间的白云挥手
每个孩子从这儿牵走一个心愿
小手拉大手，一同到田地间
奔跑，欢笑

多想成为
追逐萤火虫的精灵
伏在小小的床边

亲吻那一张张可爱的脸
在没有星星的无尽黑夜里
悄悄为孩子们画一个梦
奇妙，美好

夜空捂上了我的眼睛
但仍祝愿
明天你们能捧起太阳的脸
在大山里灿烂地欢笑

（刘仪雯：乐山市佑君中学九年级。指导老师：谢再华）

旧照片

王冠棋

旧相机的取景框
只能收些模糊的影像
老旧，且有些泛黄

保存下来的意境
多半被时光偷走
不知丢弃在了何方

勉强还有些
辉煌的光斑
依稀还能辨认的
只有散落在相片里的
零星的鸟语
零星的花香

（王冠棋：南京师大附中树人学校八年级）

月亮的碎金

刘卿竹

傍晚，夕阳要去参加化装舞会
她一边摸着辫子，一边照着镜子
一阵风吹来，大河破了，镜子碎了
太阳的影子成了一河的碎金

月亮划着弯弯小船
用银河织成的渔网
偷偷地捞走了一河碎金

月亮啊月亮
你要用碎金买什么呢
你要买星星做朋友吗

你要买昙花做头饰吗

你要买白云、小兔子做你的小宠物吗

月亮啊月亮

碎金买不到星星朋友

那是要用你的心去交换的

碎金买不到昙花开放

那是要靠爱来等待的

碎金更加买不到白云、小兔子

你不躲起来，她们哪敢出来呢

（刘卿竹：江苏省海安县中学高一 14 班）

虚无之花

戴佳辉

虚无之花从富饶的土壤探出头
来一个绝望的旅人走过
看见遍地的奇花盛开

空虚之果从娇美的花瓣探出头来
一个快乐的富人走过
看见满树的奇果闪烁

当旅人走过
虚无之花结出美妙的果子
只待诗人摘去

当富人离开

空虚之果迅速腐败

在贫瘠的土地上传播

于是，虚无之花和空虚之果铺满大地

（戴佳辉：泉州五中高一1班。指导老师：孙素芬）

错 误

李政黏

断线的风筝
被云的小手给牵住了
留恋的心啊，是怎样被捕捉
于是踟蹰不前，隔着缥缈远山
与我遥遥对望
对望，这九月的景致
流苏裹着袭人的凉意
落叶飘舞盘旋，恰若指间微风轻掩
遗落了，遍地的夕阳
却又被天幕拾了去
曳下一条赤红色的瀑布
洒落零碎飞溅的音符
风筝，也在美丽的音符中淹没
最后只留下
一曲断线的错误

（李政黏：成都市实验外国语学校高三2班）

女巫配方

李羽霖

陌生人
你来得正好

陌生人
请给我一把瘸了腿的扫帚
等等
再给我一块长霉的猪肘
一碗用露水溶解的蛇毒
还有
一朵鳄鱼的泪花

陌生人
别走

谢谢你，拜托你

如果你有

把你的心也留下

（李羽霖：武汉外国语学校高中二年级）

飘荡的灵魂

黄 琼

天上的云，来了几片

又去了几片

黑的、白的，大的、小的

浓重又轻盈

窗边的那人，她百无聊赖

数着天上的云

来了几片，去了几片

她哭，她笑，哭笑来去的云

哭笑她自己

终生飘飘荡荡

终无一处可停留

（黄琼：广西博白县中学 1417 班）

变 化

艾彦彤

曾经
公园里碧绿的爬山虎长廊
就是我的家
置身其中
仿佛世界就是安静的
阳光从绿叶缝中钻出来
整个长廊生机盎然

现在挖掘机
耙破土地
碧绿的颜色全部变成了幢幢高楼
遮挡住了一缕缕阳光

时间终会消磨一切
我的"家"早已消失殆尽

（艾彦彤：陕西米脂三中八年级）

雨季守候

陈濯瑾

你的眼泪太多

树木也能挤出水来

来滋润泥土

死了，我们就睡进泥土里

做个梦，我们就长成蘑菇蹲着

安静，深远

许多世以后

荒野还给我们一个完整的世界

（陈濯瑾：成都实验外国语学校高中二年级）

哭 泣

姜士冬

天空皱褶着眉头
月亮和繁星早已逃流
留下我，在这扇荒芜的草原
遥望，每一个千疮百孔
那是西藏的阿妈
手中的经筒仍在转动
摇曳着一份盼望
摇曳着一份虔诚
冰山正在融化为溪流
好似我的泪在涌
黄河冲刷家乡的黑土
一并带走了我的祈求
冰冷的雨打在我的心头
我知道那是天空在泪流

（姜士冬：松原前郭第五中学）

一角阳光

张 宇

顺着小小的一角窗
向上望
蓝的天，白的云

披上金辉的白鸟
在慢慢悠悠地游荡
秋千上的笑声沾满阳光

有时候，我在想
窗台的那只久久不肯离去的蝴蝶
她的梦，是在我的梦里，
还是在更远的远方

就像此刻

调皮的钟声

一不小心就偷走

我多情的这片黄昏

（张宇：四川省马尔康中学 2017 级 6 班。指导老师：贺华蓉）

我愿拉一曲提琴，将你挽留

杨 磊

夕阳，你能否回头
我愿拉一曲提琴，将你挽留
提琴的忧郁，温暖浑厚
你走过，将往事抛在后头
而明天，还有更多疾风
明天还是个无底洞
你走不到头的，你
走不到头

夕阳，你能否回头
回到爱人的小屋
她会唱一支歌，站在高高的山头
回到你初生的地方，那里有寒气未退的芦苇

还有伤心了一晚上的朝露
为了等你，他们都在死亡的夜里
重生了

夕阳，夕阳
我所追逐，深爱的夕阳
你不要走，不要把我的希望
带走，不要让我的心
空

我把二胡也扔了
你知道我痴迷着什么
你不要走。你不要走

我是只疲惫的孤雁，为了你

已经飞过了

许多年头

······

（杨磊：贵州省铜仁一中高三 25 班。指导老师：陈妍蒙）

晨　读

吴　越

像无数同龄人一样
曙光初现时分
我已披衣而起
美好或者并不美好的一天
从读一篇课文开始

首先，我得挤牙膏般
把残留的睡意
一点点挤走
然后，我才能拿起一本书来
朗读还是默读
只是一种形式
关键的是

我得把所有读过的东西

夯土墙一样

全部夯进脑海里

（吴越：江西省萍乡中学高三 16 班）

夜

单誉霆

谁曾借我一支笔

画出摇曳的远方

握着梦想

一步一彷徨

多希望在这无助的日子里

有一双紧紧握住我臂膀的厚实的手

在回头的那一刻

给予的是坚定的目光

我拿着不再颤抖的笔写下：

等待黎明

（单誉霆：山东枣庄八中高二1班）

童　年

张钰杰

海滩上的贝壳

勾起了我童年的回忆

儿时的海边

是我嬉戏娱乐的场所

捡一些贝壳

捉几只螃蟹

让海水清洗着我的脚丫

让海水吹打着我的裤脚

海风吹来

令我心旷神怡

却在不知不觉中

吹走了我的童年

（张钰杰：淄博临淄雪宫中学七年级 5 班）

路过世界

祁延卿

我匆匆走过
赶在星海涨潮之前
以免鞋上
挂走些许辉光

追逐潮水的最前方
如追逐你一样
一片海里有一个故事
这片海里深埋着
你的亚特兰蒂斯

绷带里绽裂的嫩芽
孕育灰色的绝望
必须强调

船即将远航

炽热的光，炽热的心
你的心，耀眼过恒星
灯塔里
燃烧的希望
触礁的哀伤

星海里乘风破浪
近了织女
我却忘不掉月亮

你在被遗忘的孤洲
捡起一支褪色的桨……

（祁延卿：西安第六中学高中三年级。指导老师：刘阳鹤）

古　城

李　宁

红旗广场
有白鸽在地面摇晃
一声哨响
人群分散而去

一年级的白色棒球帽
转眼升到高中

我忘记坐几路公交车
到达红旗广场
也不清楚那群白鸽
是否真的存在过

（李宁：山西大同第二实验中学高三11班）

写给妈妈

旷运琳

我这里天亮了，那你呢
我这里天黑了，那你呢
我在这里作别小学的幼稚了
我在这里变得乖巧懂事了
我在这里用笔抒写心曲了
那你呢，妈妈

我这里天热了，那你呢
我这里天冷了，那你呢
我在这里适应了
我在这里进步了
曾经不好的一切都被我抛弃了那你呢，妈妈？

你是否对我的淘气担惊受怕

你是否日夜牵挂着我们全家

你是否又添了一丝白发

我想用我的快乐成长染黑它

（旷运琳：重庆大足城南中学 2017 级 7 班）

分　数

李　婷

试卷上的数字像钢针
针针扎进我的心
红红的分数
像染上了我心里的血

怒火升腾了
眼泪流下了
傲气消失了
我该奋发向上了

（李婷：重庆大足城南中学初 2017 级 7 班）

第四辑

这样的画面，让人流连

和为中的朋友对美
我们一起画画。

NeoCarson 李
2015.3.3

姑苏城的小蚂蚁

薛诗虔

1
枫桥上
一只蚂蚁
举着食物

食物是春天
千年古寺的钟声
震落的小水滴

2
长成深褐色的蚂蚁们
撑着一片树叶
在剑池底聚会

讨论着
孤独的吴王
和他的宝藏

3
一到秋天
天是蓝的
水是浅的
一定要把篱笆上的葫芦
装满美酒
灌醉那个把门的

4
挖完宝藏就去看雪吧

在流花池边等
在千人石上等
爬上云岩寺塔再等

蚂蚁们听到风的声音
大地的声音
那些都是故土
深深的呼吸

（薛诗虞：苏州太仓第一中学初一9班）

梦故乡

卜嘉宝

惊蛰，江南的第一场雨
枝间海棠正浓，梳云鬓
从南境吹来的一路北上的风
不知沾湿了谁家的一枕旧梦

细密的雨滴顺着瓦片
蜿蜒，汇聚，掉落
不见深处的人家，静谧地枕躺在江南河岸
是经年之前缓重的摇橹
偶尔打断落花逐水中日复一日的浣衣声

细密的雨滴顺着瓦片
蜿蜒，汇聚，掉落
祖母理了理被角，眉眼带笑

温软的歌谣长长地流淌在绵延的江水里

江月烟雨氤氲，至天明

那是隔水苍茫的不可名状的好

细密的雨滴顺着瓦片

蜿蜒，汇聚，掉落

时针，分针，秒针

恍若昨日垂髫，十三豆蔻梢

终不得沉酣一世

姑娘碎花布衣箱底

君还记，临水人家

煤灰冷雨一墙，童年的尾巴埋葬在故乡

（卜嘉宝：江苏省新海高级中学高二2班）

乌斯河

陈海熠

你喜欢意识流吗
不喜欢
噢，不，更确切地说
我憎恶
伍尔芙在乌斯河里回答

红衣骑士被风沙吹成黑色
黑色岩壁被流水剥成红色
河流倒着倾泻回天国
我凝视着河中自己的脸
被河流的纹理
切割得零碎，又模糊

你喜欢意识流吗

不喜欢
噢，不，更确切地说
我憎恶
河中微黄而模糊的脸回答

萨塞克斯郡
有一条乌斯河在流淌
只是在流淌

（陈海熠：武汉二中）

蔷 薇

黄诗雅

它在黑夜绽放
倚墙散发芳香
是谁赐与它血的色彩
是谁教会它诱惑地歌唱
在漆黑的夜晚
它鬼魅的身姿开始舞蹈
那火一般的裙摆
那不食人间烟火的面庞
浅浅一笑，倾国倾城
轻轻一舞，魅惑众生
它似乎有一双明亮的眼
能洞悉我所想的一切
它比红玫瑰更妩媚

它比黑罂粟更妖艳

花瓣像染着鲜血

散发着令世人陶醉的气息

无眠的人哀叹着

在满布尖刺的血泊中

眷念它的美

（黄诗雅：信阳市第五初级中学。指导老师：孙良超）

初醒的古井

韩欣好

蓑衣在清晨被吵醒
一口枯井
深绿的青苔眼圈
又浓了一笔

小虫
急于告诉它一个好消息
背着初开的桃花
一不小心
滑进了井底

江南的细雨
又一次润湿了蓑衣

它抬起头

静静地注视着

那满山的杏花微雨

（韩欣妤：温州市外国语学校。指导老师：王赛丹）

蓝色河流

付 炜

在我的静脉中流淌的，冬天，蓄养着记忆的鱼
一排排树木悬垂的音节，寂静无声
内心的风暴紧缩，阴暗从尽头来
阳光下仅有的被出卖的纸张
留着一页空白

我身体里的河流深谙我的沉默
它属于无法描述的天空，属于夜晚偷来的梦
悄悄躲进想象筑成的巢里
模仿一只鸟的飞行方式

黄昏被推迟，一条河
在我的头顶游走，浑身赤裸

我知道，这就如同一种语言所掀起的弧线

使嘴唇懂得赞美

使眼睛变得蔚蓝

而那条河流的流向，则是

我们生活的过去和未来

（付炜：信阳六高）

牛肉面

高甲明

这个城市的每一天
都从一碗牛肉面开始
师傅熟练的手法
刚劲的力道
扬起的汤香
总会让我站在橱窗边
像瞻仰一个英雄一样
放缓心跳
任何精密的机器
都比不上时间酝酿出来的味道

滔滔东逝的黄河水
是这个城市的大动脉

每一天

都有新的血液注入

输出

带走一碗牛肉面的韵味

（高甲明：平凉静宁威戎中学高三 10 班）

这个世界静止了

——写给这些年的霾

张晋强

雪如此厚重

笼罩了整片天空

不似鹅毛，是针尖儿

世界如此寂静

春风果真来了

人们看透了

这是霾兽

拖着败坏的尾巴逃走

（张晋强：白银靖远第二中学高三4班）

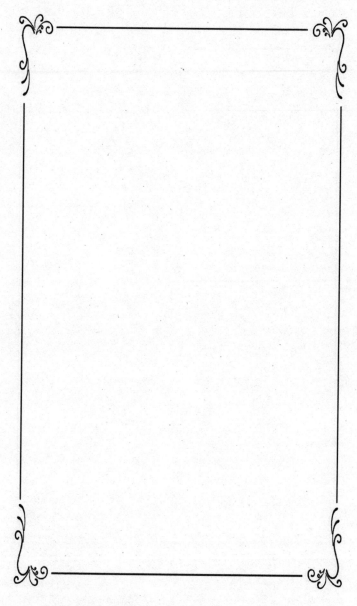

快来寄诗给我们吧!!!

投稿邮箱：qgzxsyxsg@126.com

快来寄诗给我们吧!!!

投稿邮箱：qgzxsyxsg@126.com

宿命的味道

夏恪

偶然，好似你来到世间
品味人事变迁的茶
饮时光流逝的酒
感慨生活的蹉跎

必然如你告别世间
光溜溜地来，朴素地走
去与回之间的往事
却早已不堪回首

你的孩童脸
不知不觉皱了，丑了
你的青丝发

何时变的光亮了
远去的溪水
怎会回流

白云总有生气的时候
太阳每天值着班
星星总是成群嬉闹着
宇宙诞生的那一刻起
一切的机缘巧合
都诉说着命运的必然

（夏恪：尚志亚布力林业局第一中学高一3班）

无名鸟

刘伊夫

童年的干草垛
是我秋日里的回忆
如今
又勾起我金黄的回想

那些
曾在秋日里放歌的人们
如今又在哪里?

我只在秋色里徘徊
并且沉默
一只无名的小鸟
衔走了
我所有的寂寞

（刘伊夫：北京凯博外国语学校）

孤独的北极星

卢露璇

夏夜，蝉鸣
一张黑得黝亮的幕布上
镶嵌着许多知名与不知名的星星
牛郎星、织女星隔河而望
北极星、北斗七星相互指引
仙女座、猎户座各自罗列……
衬得幕布璀璨如白昼

夏夜，轰鸣
幕布在工厂黑烟的渲染下
蒙上了一层灰蒙蒙的面纱
光芒尽敛
都市的灯光掩去了星光

灯红酒绿分去了目光
幕布上，只余一颗北极星缀挂
独自发光

夏夜，无声
幕布在雾霾的侵蚀下愈加破旧
不夜城开始入夜
北极星依旧孤独
但在它周围
隐隐闪烁着一种名为希望的光芒

（卢露璇：广东省林启恩纪念中学高二3班）

人　间

张　雍

你来到湖边，独自一人静悄悄地
想看岸边水仙花的美好
在干净得像你眸的湖面上
更多的浩瀚在冲你炫耀
每一朵云步履缓慢，只为被你得到
身后有一棵高傲的树晃动皇冠
只为将自己的辉煌，透过雾气
送入你眼底柔波
个子不到你腰际的野草
自卑而又猛烈地吻着
赤裸的，满是诱惑的
你的脚踝

（张雍：河北乐亭第一中学高二16班）

160

这样的画面，让人流连

麻青琳

夕阳，收敛起最后一丝光彩
暮色下的村庄抹去了鲜明的色泽
只留下一片幽深怅然的剪影
晚归的紫燕精灵般地在昏暗中画出些呢喃的虚线
我拿起那只尘封已久的风车
向着远方跑去……

父母在外打工
祖母是我唯一的依靠
她用一根粗短的木棒
编织起一扇四页的风车
编织起我那美丽的童年……

每个日落黄昏

我总会和祖母出现在乡村小道上

微风拂来

风车缓缓地转动

吱呀的风车声一直飘向天边

飘在我那童年的梦里

（麻青琳：湖南花垣凉水井学校九年级114班）

时 光

梁 筱

你走进人们的日子许多年了
都以透明的音质在岁月的骨节
倾听着，来回奔波
老人四处打探游子音讯
步伐越来越沉重
你无情地挥挥手
让他们又添了一丝丝白发
一条条皱纹，日复一日
几声干咳，年复一年
以致岁月蹉跎

你是昨天
你是沙漏
你是地平线的弦上

反复打磨的老钟
人的一生不能总是靠着路标
去选择下一个路口
因为——路标已经弯折
冷风款款，大雁先行归来
一曲高山流水闲庭信步

（梁筱：佛山旗峰初级中学初一9班）

巴山人家（外一首）

孙澜僖

巴山人家，是散落的星星

在大山的苍穹里，静静闪亮

而我，只愿做这苍穹里的一粒花种

让每一颗星星

都开出香味

群山与云朵

群山，多像我们这些调皮的孩子

争先恐后地起立，举手

老师，多像山上的云朵

不管我们回答得对与不对

都一样慈祥地抚摸我们的头顶

（孙澜僖：成都市双流区棠湖中学 2015 级 25 班。指导老师：陈文权）

一株野草

杨 二

一株野草在荒原里开了又枯了
他看见白云，看不见自己的颜色
见惯花的美丽，见惯花的繁华
就连他自己的颜色也容易忘却

一株野草在荒原里开了又枯了
他望着春天，望不到自己的孱弱
在风中，消殆了他的颜色
在雨中，散尽了他的草香
就连他自己的梦也容易遗忘

（杨二：湖南省花垣县城北边城高级中学）

无　题

崔馨予

寂静的田野，热闹的集市

天空，鸟儿不曾打扰

海面，波涛翻滚，卷着沙滩

我曾迷失在树林之中

也许，有一条真正的路

通向真正的我

在雾中

我不用眼睛去寻找

（崔馨予：南京二十九中）

等　待

冯思佳

等待一个下雨的日子
等待一个不期而遇

等待那个熟悉的面孔
等待那个美丽的山峦

坐在秋天的起始处
遥看通向远方的路

春暖花开的时节
选择浪迹天涯的方式

只为等待自己缺失的
另一半

（冯思佳：福建省厦门双十中学。指导老师：彭孝干）

琐 事

任雨雷

风，你把故事吹得遥远

夜，你把故事藏得深邃

就好比，天空的云

附着着我的心却不肯停

就好比，一片闪星

躲在光芒之后却等着黑暗来临

我需要在最狂的风中赶路

停驻在黑夜的远途

光芒，我不相信

黑暗，我无法确定

命运啊，风吹过了整个漫长的深夜

（任雨雷：上海市松江区叶榭学校初三3班）

往　事

卢　晒

夕阳洒满房间

你是角落里

一尊静默

而又似曾相识的

佛

有时候，回望

就像藏在心底的某句经文

可以繁茂，却无缘嘹亮

（卢晒：四川省马尔康中学 19 级高一 2 班。指导老师：贺华蓉）

第五辑

如歌行板

我在一个公交车站
从一棵不认识的树上捡了
一片红色的树叶
带着它走过一座桥
它是炊烟，是舟子
走着雨些时扬起的笑
是眼角泪水沧桑的游游
它必是大风吹走的柳顶且铮里的帽子
我曾去找都找不到
今天，它又把它送到了我眼前。

2015.3.4.

变成穿着皮毛的咖啡杯，敬你 (节选)

吴宛谕

变成一盏穿着皮毛的咖啡杯
装上清冽的美酒，敬你
在洁净的黎明之中，敬你
看着你一饮而尽
看着那残剩的珍珠一点一点地
渗入我那浅棕色的皮肤里

你的泪滴落在我的胸口
是灼热的心，放心
我会把它收藏在心里，一刻不离

幸运的是
青崖之间，还有一匹可以飞翔的白鹿

等着你
你骑着它遍访天下名山，回到我身边

直到一滴不剩，你的容颜美丽如昔
你对我说："我有多像你。"

你一小口一小口地品着
粗糙的唇掠过我柔顺的皮毛，你笑了
你端详着我，目光深邃而清明
我紧张地看着你
你也要想着曙光挣扎着出去
你要给那些聚焦在地平线的青年以希望啊
我以崇敬的目光看你

多么像我
你把信仰一饮而尽，然后
安坐于麦地的尽头

在这个平凡而神奇的世界上啊
没有人见过我
但所有人都会见到我

我是一盏套着皮毛的咖啡杯
杯里有一只套着皮毛的勺子
我站在套着皮毛的盘子之上
盛满了美酒，等着你

（吴宛谕：中国人民大学附属中学）

告别那记忆里的水塔

刘 霄

水塔，梧桐，鸟。

每次晚饭过后，或者停自行车的时候，总会见着那座高高的水塔。它久经风霜却仍高大坚定，不管是过了几多年；它如一位阅历无数又严肃的老人，不知道它肚子里装了哪些人生道理；它高得直入云霄却永远朴实无华。水塔无法用生动的语言来形容，用处大就是对它最好的赞美。

偶尔，几只小鸟落在水塔上，它们好像在津津乐道，又好像在决眦并欣赏风景。我也好想像它们那样站在高高的水塔上。梧桐紧挨着水塔，却显得有些弯曲。当一阵风吹过，丝丝，几片梧桐叶如枯叶蝶在风中飞舞，旋转，最后被风带到了水塔下，落叶归根。

当这已成往事，旧学校也不复存在了，多想说一句再见，也没机会了。云霄中的水塔，回忆里的外校。

（刘霄：四川犍为外校。指导老师：张玲）

古 玩

税 萱

破碎。拼接。肯定。否定
千年的精髓，沉淀，辉煌
原谅我的惊扰，打破了你亘古的寂寞
蛰伏。沉默

你的心，你的眼
——如星如潭，无波无澜
涟漪，宁静。残破，尊贵
山河飘摇。江山动荡。潮起潮落
一如既往
庆幸。千年的古册，终有了你的辉煌，你的归宿
古玩，你千年的蛰伏终得今日
人生这场修行，我又能否如你一般
——处变不惊

（税萱：四川犍为外校。指导老师：郑敏）

在生命最美的地方

魏佳一

轻捻时光的裙裾，晕染一缕花香珍藏心底。

琴弦上散落的音符滑落指尖，灵魂在生命最美的地方栖息。

捡几片花瓣，写下某个人的名字，随手丢进风里。是谁的长发飘逸，是谁的醉人呼吸，是谁的摇曳裙裾，舞弄了蹁跹的花朵，落地成诗。

于是，在一个多梦的季节，置身花海，轻轻捡拾美丽的字句。

潜入写给你的诗，偷几根秀发把梦想来编织。

最美的花季，遇见最美的你，指尖残留着发丝的香气，呵气成雨。

花瓣雨，落清溪，一缕芳香令人着迷。

美丽的源泉在哪里？顺着溪流，寻寻觅觅。

密林深处，我迷失了踪迹。

不觉，溪边树下，打坐参禅。远离尘嚣，心归自然，最美的境界，不可说。

拈一朵花，打开一个世界；一个微笑，引出一段尘缘。

收集音乐、花瓣和诗，修炼一个全新的自己。

幽静的山林，清澈的小溪，不论何时何地，有你的地方，生命最美丽。

（魏佳一：山东省平邑赛博中学。指导老师：魏清）

时光那么忙

肖俊鸿

时光荏苒，白驹过隙。

老城，被镀上一层斑驳，陈旧染老了岁月。车水马龙，依旧。时光滴答，继续。

微凉的风，漾起湖面层层涟漪；归巢的鸟，划过天空点点痕迹。

再见时，早已销声匿迹。握住了吗？

时光中，流水般赶路的人儿，辗转又停留，或急促，或迷茫，或无奈。

时光那么忙，或许倏然间，是我们走远了……

（肖俊鸿：四川犍为外校。指导老师：尹琼）

眼

吴佩溪

行走在庐山山脚，又一瞬间回到夜路的街道

吐出的是黄色的液体，又浮出红色的斑点

跪求安稳，又自作自受

碳酸钙属于那些理科党

眼被植入了阳光，又被说成是黄斑癌变

想跳一段摇滚，衣服的后面却竖着中指

帽檐被小孩涂鸦，阿玛尼的唇釉也藏不住苍白

佳能的单反性能好得烂了大街，索尼的电视播放着四年
　　前的消息

传说，四年后，有个已经死了的人，眼睛会睁开

我正坐在沙发上看着这条消息，不知为何，我摸了摸我
　　的眼睛

我笑了

（吴佩溪：沈阳五十一中学）

邂逅

陈约南

天空是透明的蓝。

河面是稠重的蓝。

开阔的枝丫掩不实洋黄色的街道，鳞次栉比的商铺，卖着可使人偶说话的魔药，静静地码在桥的另一边。

我看着明红色的路牌，看着上边稚拙而怪诞的标识，眼角突得一跳，瞟见你与擦肩而过的水红围巾。

天空是透明的粉。

河面是稠重的粉。

这个世界被喜悦的红色浸染了，在我心中依靠着花苞睡觉的小孩觉醒了，扑闪着翅膀冲了出去，带着一卷嫩枝，从我的后颈舒展成长。

这一刻我与奇迹邂逅，与奇迹般的你邂逅。

下一刻刻满呢喃的书页被合上，大片的空白涂上花金色的童话。

想念是我最后的咒语，充满疼痛的咒语。

那双解开礼盒缎带的手，终究是，不曾存在过吧。

（陈约南：乐清乐成公立寄宿学校）

草 芽

章 雯

沉默太久了，你在沉默中积蓄着力量。等待得太久了，你在等待中渴望着爆发。黑暗快要过去了，你在黑暗中呼唤着光明。春风给了你温暖，春雨给了你滋润，春雷是一支催你进发的嘹亮号角。

是时候了，终于，你破土而出！大地在震撼，泥土在哆嗦。你攒着劲儿立誓：是冻地也要冲破，是巨石也要掀翻！

一抹可爱的嫩黄在一番顽强的挣扎后，那么微小而又那么傲然地立于地面。没有大树的参天，没有花朵的艳丽，有的，只是这一身翠绿的倔强。和自己较着劲儿，缓缓地却又是不断地向上挣扎着，挺立着。

一阵狂风暴雨，你倒下了。狂风折断了你的腰，暴雨如铁块般落在了你的身上。没有呻吟。风停雨住时，你抖擞着又那么顽强地站起来了。阳光拂干了你的汗珠。蓝天白云下你愈发显得可爱、可敬。卑微如你，渺小如你，可是顽强如你，伟大如你！你用柔弱的身躯撰写着对生命的热爱和对命运的抗衡！

你是谁？

一株平平常常，在风中摇曳的草芽。

（章雯：崇州市梶泉镇思源学校。指导老师：章应洪）

银杏，新生

郭俊铭

夜，染上漆白，你品尝着孤独。

风，诉说愁绪。

回忆，被月光吊起，鞭笞。离别的沉默，飞舞的落叶，静默。太阳般绚烂的晚风，依旧温暖，只是在流年里忘了过去。绵绵情意，镌刻在树纹上。痴恋，蔓延青苔的古道。只能搀扶他的目光，一步步，离开——唤你乳名的日子。

月，泊在枝头。凋零了，你的梦。

过境的南风，又艳了江南，绚丽开始叫嚣。你，守护着荒芜，待视线模糊，回忆再次涌现。

跨过几世的呢喃，阳光，牵着一束熟悉的空气，起舞。

迟到的南风，漫过唇瓣，捎着，天涯咫尺的蜜意。那些情话，在你的发间——发芽，开花。彩色。以你为轴，荡过时间。连呼吸，都被染上甜意。暗动的阳光，沿你的呼吸，潜入深夜——安眠。

你的笑，很美，在阳光里。凭栏倚望，你的芽，开始欢欣，嫩黄新绿，一如你跳动的心。笑意。抓住阳光，飞。和着春风，落入冬天。

泪，承载不起你的过去。

"滴答——"绿了春风，醉了城。

十里阳光，为你倾城一笑。

（郭俊铭：四川捷为外校。指导老师：祝晓翔）

快来寄诗给我们吧 !!!

投稿邮箱：qgzxsyxsg@126.com

快来寄诗给我们吧!!!

投稿邮箱：qgzxsyxsg@126.com

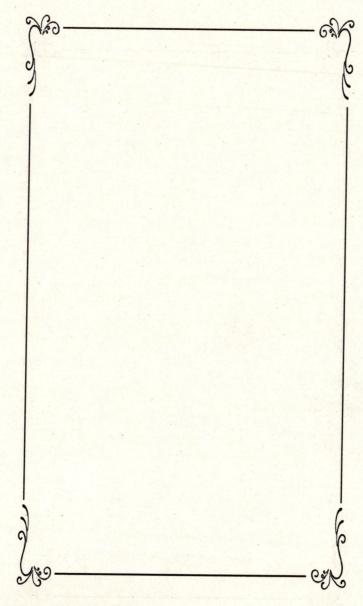

快来寄诗给我们吧!!!

投稿邮箱：qgzxsyxsg@126.com

快来寄诗给我们吧 !!!

投稿邮箱：qgzxsyxsg@126.com